每日一言

心一堂香港文學叢書・馮守剛作品

馮守剛 著

Sūnyatā

書名：：每日一言

系列：：心一堂香港文學叢書‧馮守剛作品

作者：：馮守剛

責任編輯：潘國森

出版：：心一堂有限公司

通訊地址：香港九龍旺角彌敦道610號荷李活商業中心十八樓05-06室

深港讀者服務中心：中國深圳市羅湖區立新路六號羅湖商業大廈

負一層008室

電話號碼：(852) 90277120

網址：：publish.sunyata.cc

電郵：：sunyatabook@gmail.com

網店：：http://book.sunyata.cc

淘宝店地址：https://shop210782774.taobao.com

微店地址：：https://weidian.com/s/1212826297

臉書：：https://www.facebook.com/sunyatabook

讀者論壇：：http://bbs.sunyata.cc

版次‧二零二零年一月

平裝

定價：港幣　　一百三十八元正

新台幣　　五百九十八元正

國際書號　978-988-8582-89-1

版權所有　翻印必究

香港發行：：香港聯合書刊物流有限公司

地址：香港新界大埔汀麗路36號中華商務印刷大廈3樓

電話號碼：：(852)2150-2100　傳真號碼：：(852)2407-3062

電郵：：info@suplogistics.com.hk

台灣發行：：秀威資訊科技股份有限公司

地址：台灣台北市內湖區瑞光路七十六巷六十五號一樓

電話號碼：+886-2-2796-3638　傳真號碼：+886-2-2796-1377

網絡書店：www.bodbooks.com.tw

台灣秀威書店讀者服務中心：

地址：台灣台北市中山區松江路二0九號1樓

電話號碼：+886-2-2518-0207

傳真號碼：+886-2-2518-0778

網址：：www.govbooks.com.tw

中國大陸發行　零售：深圳心一堂文化傳播有限公司

地址：深圳市羅湖區立新路六號羅湖商業大廈負一層008室

電話號碼：：(86)0755-82224934

心一堂微店二維碼

心一堂淘寶店二維碼

作者簡介

馮守剛先生，資深傳媒人，曾在「麗的電視」（一九六九年至一九七一年）及「佳藝電視」（一九七三年）擔任新聞主播。

馮君早年曾任「澳門綠邨電台」節目編導，藝名「司馬雲長」。馮君又為短篇小說作家，多年前曾刊行《死亡彎角》、《愛在深秋》等短篇小說。

二零零六年將五十篇短篇小說結集，題為《人海傳奇》。

二零一七年十月出版《片言片語》。二〇一九年出版《似詩非詩》，現更有這本《每日一言》，與讀者見面，希望大家喜歡。

心一堂香港文學叢書・馮守剛作品

當你放火時，你要衡量你有
沒有放火的權？

當你點燈時，也要想想你有
沒有點燈的資格？

這就是因其位，做其事。

做個良相最好，做個良醫不錯。如果兩者都不能做到的時候，你只好安份守己，做個良民好了！

心一堂香港文學叢書・馮守剛作品

對人類社會有貢獻的人，無須分別他的性別，這是沒有意義的。

不想知的事，不要去想它。

不想忘記的事，設法忘記它，這樣你心中便會多了空間，生活便多了快樂。

心一堂香港文學叢書・馮守剛作品

智慧全憑天賜予，
成功但靠苦耕耘。

幽默像機器中的潤滑劑，使你可以在眾多朋友中穿梭游走，贏得更多掌聲，更受歡迎。

心一堂香港文學叢書 · 馮守剛作品

理想在夢中，計劃在心中，實行在行動中，最後成功與否？都在命運之神手中。

凡物必有其價值

凡人必有其可取

心一堂香港文學叢書 · 馮守剛作品

一個好好先生，在理論上，他是個好人；實質上，他不能說是好，他太沒有原則了。

有人勞心，有人勞力。勞力傷身，勞心傷神。傷身可見，傷神不露。其實，傷神比傷身更傷。

極目群山皆不見

只緣濃霧蔽眼前

美景都在煙霞外

撥開雲霧重見天

雖有彭祖壽

難積穀千斗

雖有田萬畝

獨欠耕地牛

心一堂香港文學叢書 · 馮守剛作品

藝術自然是最美
文字通達是最真

狗永遠是人類的最好朋友，牠信賴你，對你百分之一百忠心，永不離棄，在你孤獨時陪伴你。所以俗語說「豬朋狗友」，對狗實在太不公平了，許多時候，你的好朋友比狗也不如，願你的好友，多向狗學習。

慾望是一匹脫韁之馬。如果你不用理智去駕御牠，不及時懸崖勒馬，你便粉身碎骨，永不超生。

為吃而生，為生而吃。這樣吃吃生生又過了數十載。人生真的無聊！

心一堂香港文學叢書 · 馮守剛作品

過了長亭又短亭，
送兄一程又一程。
叮嚀！叮嚀！

福星，祿星，壽星

不及手中酒一升。

財神，食神，門神

不及懷中一美人。

心一堂香港文學叢書　•　馮守剛作品

朋友不怕多，敵人只求少。

聰明人設法把敵人變成朋友。愚蠢的人卻把朋友變成敵人。朋友！做個聰明人吧！

世上最小的東西殺傷力是最大的，細菌便是。

世上最大的東西是最快滅亡的，恐龍便是。

他們的力量和他們的體積不是成正比的。

所以，不可輕看小的東西。

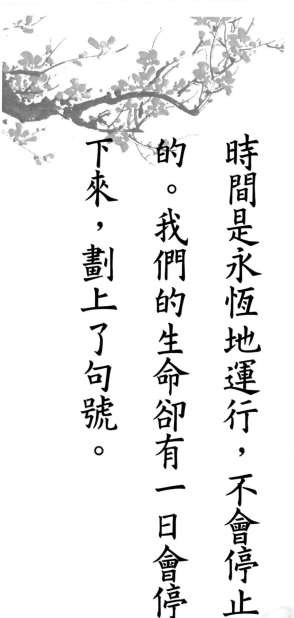

時間永遠一分一秒地前進，也一分一秒地奪去我們的生命。

時間是永恆地運行，不會停止的。我們的生命卻有一日會停下來，劃上了句號。

入山騎老馬

渡水用新船

穿鞋要取舊

會客披錦裘

心一堂香港文學叢書 • 馮守剛作品

眼睛看物只表面

心靈觀察更精明

貧變富喜，

富變貧悲。

是喜是悲，

把握時機。

心一堂香港文學叢書　•　馮守剛作品

24

人生漫長，誰不犯錯？只要知道錯了不再去犯。這個「知」字最重要。

幸福不是甚麼也擁有，相反的是甚麼也沒有。只有這樣，你便不受得失帶來的困擾，這就是幸福了。

心一堂香港文學叢書・馮守剛作品

每一事物都無美醜之分，美與醜在每個人心中有不同的定義。所謂：「情人眼裡出西施。」就是這個道理。

人間仙界本無關

只因情動降塵凡

玉帝不懂情愛事

降旨拆散鴛鴦環

心一堂香港文學叢書 · 馮守剛作品

魚游沸鼎不知危，鳥棲枯樹不覺險。我們往往身處險境而不自知，所以有「居安思危」之句。

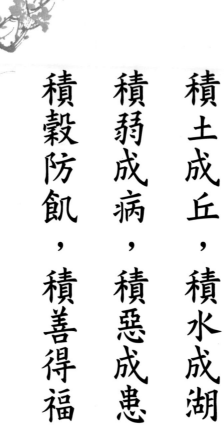

積土成丘，積水成湖。

積弱成病，積惡成患。

積穀防飢，積善得福。

心一堂香港文學叢書・馮守剛作品

春臨大地百花展

炎夏荷塘蓮盡開

秋風輕吻菊花瓣

冬日寒梅伴妝台

富貴榮華誰不好

生老病死實難逃

只求上蒼多庇佑

長壽少病死無憂

「政治」是權力鬥爭的代名詞，人們利用這兩個字去進行一些最污穢的事。不顧道義，不分黑白，自私、殘暴、惡毒，只求達到自己目的。在我的字典中，「政治」兩字，我早就把它廢了！

真愛無孔不入

憤怒無堅不摧

心一堂香港文學叢書　‧　馮守剛作品

秋娘老去色衰退

將軍白髮舞劍難

體弱難舉千斤鼎

骨痛登高寸步艱

一統河山驚四海

半壁江山近晚霞

當年英氣今已逝

只剩眼前半盞茶

心一堂香港文學叢書 · 馮守剛作品

龍遇雲便生
虎居林便猛

古人不為五斗米折腰，可能五斗米實在沒有吸引力，十斗如何？五十斗又如何？加到了一百斗時，可能他不但可以折腰，連要他斷腰也無不可。

心一堂香港文學叢書 · 馮守剛作品

家事，國事，天下事，唔關我事。

情關，愛關，夢斷關山，與我無關。

眾人皆濁我獨清，這有何用？你這一滴清水，放進了一團污水中，還不也變成了污水嗎？眾人皆醉我獨醒，這又如何？你能獨力運轉乾坤，改變大局嗎？

蘇州過後舟難覓

長亭一別再會難

陽關三疊送君去

莫待白髮始歸帆

孤燈如豆翻黃卷

獨坐無言數離愁

晨鐘一響天盡白

暮鼓頻敲聲透樓

所謂權威，他的威力是令你相信他所說的任何東西，這就是他的魔力。所以，不要太相信權威，他們不是全對的。

「創意」是上帝賜給藝術家的珍貴禮物。不要盲目地去模仿前人的成就，要發揮自己的天賦，去舊創新。

脫貧須努力

脫賤多讀書

十賭九騙，為甚麼還有那麼多的人去賭，去讓人騙？

因為他們相信自己是聰明人，不會受騙，還可笑的是，他們深信，可以把對手騙倒呢！

誠信如塵土，隨風而逝，永不回頭。

朋友，好好珍惜你的誠信，以免後悔。

直鈎釣魚，願者上鈎。請君入甕，不請自來。

只要有耐心，必有所獲！

心一堂香港文學叢書 · 馮守剛作品

寒風送暖是君子，
襯火打劫實小人。
錦上添花矚目是，
雪中送炭有幾人？

不要太介懷別人對你的批評，他的批評是帶有主觀的成份。他只希望改變你的觀念，附和他的想法。

心一堂香港文學叢書・馮守剛作品

對君子誠實是美德，

對小人誠實是愚蠢。

三年磨劍揮於一刻

十年磨硯文存百世

心一堂香港文學叢書 · 馮守剛作品

聰明人總發覺自己愚蠢的地方很多，這就是他的聰明。

愚蠢人卻深相自己無比聰明，這就是他的愚蠢。

懷才不遇的事是有的，但如果遇上了無比的機遇時，而因他無才、無德、無用、無法勝任者，也多不勝數。

唉，上天弄人，奈何！

千金身後煙消散
願留翰墨在人間
文章若然堪入目
贏得後人翻幾翻

有人眼高手低為自己定了一個太高的目標，就算他窮一生之力，也無法達到，其實他們與那些沒有目標的人有甚麼分別呢？人生要有自知之明。

心一堂香港文學叢書・馮守剛作品

迎春、渡夏、悲秋、隱冬，

重覆又重覆，要過多少重，

要覆幾次覆，便看誰人長壽

足。

人真是奇怪。你越不想告訴他的東西，他越想知道；你越想告訴他的東西，他反而不感興趣。

三元及第，四子登科，

五穀豐收，六畜興旺。

兒孫孝順，夫妻和睦，

百年高壽，五福全收。

人生至此，乎復何求？

人類生來便有好鬥的基因，你看那一種運動不是表現鬥的嗎？鬥力（舉重）鬥快（賽跑）鬥高（跳高）鬥耐力（馬拉松長跑）鬥遠（跳遠），不但在陸地上鬥，還鬥到水裡呢！

善在心中

惡在念中

無錢遠賭坊

餓極不擇食

富貴好還鄉

唔窮唔睇相

潘安樣貌雖吸引

袋中無錢也枉然

姐兒愛俏乃天性

凡人貪錢理當然

十根橫生吸水份

一枝直上採陽光

三重綠葉迎空氣

百粒果實掛枝旁

心一堂香港文學叢書・馮守剛作品

待人接物須有禮
從事買賣憑良心
家財千萬須節儉
昂首直腰無愧人

最愛是金錢

最親是子女

最重是父母

最甜是愛情

心一堂香港文學叢書 · 馮守剛作品

比翼雙飛人皆羨
孤雁悲鳴引眾悲
五福之家千聲頌
鰥寡孤獨訪客稀

文章不在長與短

字字珠璣便是珍

生命不在長與短

活得精彩好人生

只要生得其門，死得其所，
生死又何足懼哉？

敵人的距離越遠越好，

親人的距離越近越妙。

情人的距離要若即若離，

更神秘、更迷人、更吸引。

千里關山人遠隔

欲會佳人只夢中

醒來倩影揮不去

重入夢境親芳容

一個美貌的女子，就算她再壞，在某些男士心中總有值得原諒的地方。反之一個貌醜的女子，就算她有再好的地方，也有她不能原諒之處。這是無法解釋的偏見。

心一堂香港文學叢書 · 馮守剛作品

天堂已經不須要安排一切肉體上的歡娛，因為天堂一切都是完美的。反正你已經沒有了肉體，只有靈魂。

艷鬼之言甜如蜜

狐妖體態美若仙

引盡世間好色客

死在當前尚懵然

心一堂香港文學叢書 · 馮守剛作品

反撲歸真的定義，是除了生命上必須品之外，其他的東西都是多餘的。

連上帝今天也不知如何是好？人們卻公說公有理、婆說婆有理，令祂也左右為難。你們不如用你們自己的智慧去做吧！反正我賜給你們的智慧，在我看來都是愚蠢的。

好屋容易覓

好鄰不易求

俗語云：「小錢不出，大錢不入。」但最怕的是「小錢手中溜了去，大錢門外不進來」。

不如實際些，留下手中小錢買點米糧，比較化算。

袋中有錢心閒逸

家中無糧費心思

上有高堂心歡樂

膝下無兒悔婚遲

孔子乃賢德之士，可惜生不逢時，不容於世，落得晚景淒涼。如生於堯舜之世，必成賢君。

三山五嶽早登頂

五湖四海已飄浮

天下山水皆踏足

獨恨仙境未曾遊

寄留塵世雖短暫

酸甜苦辣已盡嘗

七情六慾皆看透

富貴榮華當平常

心一堂香港文學叢書 · 馮守剛作品

有人說：「為富不仁，為仁不富。」為富不錯，為仁更佳！兩者兼備，更加完美。

因為你的身份、地位和在社會上的影響力，你說話時要特別小心。你每一句話會把美好的事更加美好。同樣，你會令邪惡的事，更加邪惡。

心急不吃熱

性慢不趕船

粟到熟時才爆口

事到成時見真容

心急經常誤大事

心思熟慮萬事通

肉體雖困斗室，思想翱翔萬里。看來思想肉體更自由。

不要把仇恨惡毒的種子，放進孩童良善純潔的小心靈，免得他們長大後在魔鬼族群中又增添了一位成員。

此地烽煙起

臨老迫遷移

他鄉埋屍骨

魂歸誓不遲

美酒的定義，不在乎品質，不在乎價錢，而是在最適當的時候進入你的愁腸，便是好酒。

心一堂香港文學叢書 · 馮守剛作品

群眾的力量，可使社會變的更好，也可使社會變得更壞。

讀經不如唸經

唸經不如查經

查經不如研經

心一堂香港文學叢書・馮守剛作品

比翼鳥，連理枝。

交頸鴛鴦，鶼鰈情癡。

敘時甜蜜蜜，離別苦依依。

沙漠植樹，盆中種藕。

池中養鱷，籠中困雕。

一切都受環境所限，不能一

展所長，奈何！

父母在堂應孝順

兒女在外要掛心

鐵杵磨針憑毅力

百步穿楊苦練成

世上從來無難事

只怕世人立心堅

心一堂香港文學叢書 · 馮守剛作品

愛有多種。

血源的愛——父母、兄弟、姊妹；

情愛的愛——夫妻、情人；

生活接觸人的愛——鄰舍、朋友等。

愛是有親疏之別，如果你的愛能達到不分等級，一視同仁，這就是真愛了。

文章騙飯筵

詩詞換酒錢

江郎才盡日

被迫學神仙

有人打著自由民主的旗號，實在是為了達到自己自私自利的目的。

資訊發達，人反而變得愚昧無知。因為每天都有遮天席地、排山倒海的假資訊，把你洗腦，令你迷惘，喪失自我。

心一堂香港文學叢書・馮守剛作品

人老半癡呆

好友半為鬼

家餘半月糧

實得半條命

夫妻不是同林鳥

大難未臨早已飛

兄弟本是同根生

未長大時起紛爭

心一堂香港文學叢書 · 馮守剛作品

科學進步只帶來生活上的方便，但是否同時為人類帶來幸福？這點我還有保留。

交友一定要真心

不以貧賤等級分

推心置腹顯誠意

非因閣下多黃金

心一堂香港文學叢書 · 馮守剛作品

外表美貌不重要，氣質內涵最可取，這就是明星與演員的最大分別。

金錢雖無腳

轉眼去無蹤

如不多看管

最後一囊空

心一堂香港文學叢書 · 馮守剛作品

教育的目的是把歷史智識和經驗傳授給年輕人，至於將來的一切便要由他們自己去找尋了。

人逢險處須停步

若遇順境思回頭

命運不會常不動

朝秦暮楚決不留

心一堂香港文學叢書 · 馮守剛作品

手中扇，壺中仙，口中煙，袋中錢，自然自然，快活勝神仙。活得幾年便幾年，何必計較目前。

為甚麼初戀對一個青年人是那麼深刻呢？就像一個小孩子他從來不知道糖的味道。當他第一次吃到一粒糖之後，這種味道永遠難忘！和初戀一樣。

留客只因窗外雨

迎賓為向青雲求

屈膝但求兩餐飽

低頭只望瓦遮頭

道德觀念是一種受過教育的人願意共同遵守的一種行為守則，雖處斗室，或在人前，樂意遵從。

心一堂香港文學叢書 · 馮守剛作品

你和你的最大敵人同一時間身陷險境，必須立即撤離，你的敵人立即變成你的朋友，因為你們有共同的目標，就是逃離險境。

未定不言

未備不動

未成不誇

未敗不止

心一堂香港文學叢書 · 馮守剛作品

囊中無錢難買酒

心中缺墨怎吟詩

有弓無箭難射虎

池中缺水怎養魚

鳥兒天上飛

魚兒水中游

愛郎赴北塞

小姐倚樓頭

心一堂香港文學叢書 ‧ 馮守剛作品

《聖經》上說：「有錢人進入天堂比駱駝穿過針孔更難。」這也不是說：「富人沒有可能進到天堂，有朝一日，駱駝變了螞蟻，針孔變成大拱門，富人便輕而易舉進入天堂了。有了神蹟，甚麼也可能。

在童話故事中，在結尾時總是說：「從此，王子和公主便快快樂樂地生活……」其實這是騙人的，應該的是：「從此之後，王子便過著悲慘的日子……」誰都知道，公主脾氣，實在難頂！

光陰似箭容顏老

歲月催人見白頭

五年不見認不得

十年恐怕已仙遊

一件本來原價三百元的衣服，店主在大減價的牌子下改寫上二百九十九元，人們總是錯覺真的大減價。其實相差只是一元而矣！這是商人們善用的心理學。

有因必有果

有果豈無因

因果連一脈

報應早晚臨

為甚麼動物的第六感比人類強？這是因為動物的腦直接反應功能比人類具有理智的功能強得多。

物不因其小而輕之
人不因其賤而棄之

搜索枯腸難下筆

靈感湧現在眼前

憂心進食難下咽

人逢順景睡得甜

天堂與地獄都有一樣是相同的，那裡的人，都不用擔心如何找生活。

哀鴻遍野哭千遍

炮火連天毀家園

骨肉分離心碎盡

何處能覓桃花源

心一堂香港文學叢書・馮守剛作品

年過八十時日無多，每分每秒都要珍惜，不像年輕人，他們有足夠本錢讓他們去浪費。

寒夜缺酒坐不暖

懷中無美實難眠

孤身上路欠良伴

最怕一人坐獨船

心一堂香港文學叢書 · 馮守剛作品

有些人眼大看不見、耳大聽
不靈、有理講不清、頭大無
腦、心智失聰。可憐，可
悲！

歷史上酒與英雄像是孖生兄弟。有酒的地方，便有英雄；有英雄的地方，豈能無酒？所謂：「煮酒論英雄。」

自高自大失好友

謙躬求教獲良師

口愛嚐甜蜜

耳怕聽忠言

鼻隨芳香味

眼觀臭銅錢

此乃人之常情

孤樹不成林
孤雁不成群
孤掌難卻敵
孤身愁獨困

人生四怕

年少怕無知

年長怕無家

中年怕無後

老年怕無錢

心一堂香港文學叢書 · 馮守剛作品

一代不如一代？其實是上一代不願接受這一代的新事物，新一代也不同意上一代死守舊傳統的經驗。這就是所謂「代溝」了。

酒不能細飲，

歌不宜低唱，

狂歌縱酒才是昂藏七尺大丈

夫所為。

心一堂香港文學叢書・馮守剛作品

眾人齊言聲吵耳

百鳥爭鳴最惱人

不及提壺聲一喝

盡抹心中所有塵

人們總是盡力要去找尋一個可以給自己控制的別人，但卻永遠不去找尋自己的真我首先把自己控制。

心一堂香港文學叢書・馮守剛作品

獨食覺無味

獨飲引愁悲

獨睡感枕冷

獨坐倍唏噓

人們常說：「書到用時方恨少。」但世上的書多如恆河沙數，你窮一生的時間也不能盡覽群書。隨緣吧！

心一堂香港文學叢書．馮守剛作品

無論用任何理由發起戰爭，
都是罪大惡極，不可原諒。

揮霍如無道

窮困闖進來

金山開採盡

銀庫也成空

心一堂香港文學叢書 · 馮守剛作品

猛虎不嘯群山靜

潛龍未現水無波

人生從來都有壓力的，看看你如何去應付。減壓的方法，不是力抗，不要角力，要用以柔制剛的方法，這是中國道家的良方。

無病莫呻吟

無愁勿自尋

生活無憂慮

何必再尋金

一生只求衣食足

半世能察世間情

從來待人心無愧

死後沒欠別人錢

心一堂香港文學叢書 · 馮守剛作品

在天堂人人都是平等的，因為每個人都有進天堂的資格。在地獄也是每個人都是平等的，因為他們每個人都有入地獄的條件。

晚年萬事皆不理

朝迎旭日晚乘涼

兒孫自有兒孫事

理他那個成棟樑

心一堂香港文學叢書・馮守剛作品

其實世上並沒有完美的東西，在你生活中，你試找出一件你認為完美的東西或事物，仔細觀察，你總覺得它實在有很多瑕疵。世上並沒有完美的東西，我們只求美的多，瑕疵少，便要滿足了。

有不少作家在未成名前，大都有經歷下面的經驗。預支稿費是窮作家的活命甘霖，迫作名作家鎗手是續命金丹。

心一堂香港文學叢書・馮守剛作品

屋漏偏逢長夜雨

落難更招病魔纏

從來少見福重至

橫禍不斷到門前

春臨大地踏花間

夏日炎炎出外難

秋風初起覺衣單

冬寒圍爐把琴彈

權貴與富豪，在他們未發跡之前，都是平凡人，無需過份阿諛奉承。最值得我們去尊敬的是，他們名成利就之後，有否回報社會？

昨日之事，今日已成歷史；作日的錯，今日不能改變，不要再去想它了。不如今天努力地做一些有意義的事情。今天好的事情，便成了明日美好的歷史，這才是正確的人生取向。

心一堂香港文學叢書 · 馮守剛作品

樹有年輪知歲月

人有皺紋顯風霜

歷史道盡千古事

只留文字作參詳

數十載大千世界

滿目是牛鬼蛇神

大地群魔爭亂舞

心中又苦無良策

惟有閉目學如來

心一堂香港文學叢書 · 馮守剛作品

只憑一個人的外表和衣著去判定他是否好人是極大錯誤的。

你有沒有聽過「披上羊皮的狼」？或是中國人有一句俗語：「扮豬食老虎」嗎？

世界上有一個古老的民族，他們雖然有五千多年的文化和歷史，他們除了不斷受到外來的欺侮，卻一代一代地奴役自己、欺騙自己，甚至互相殺害。愚蠢的民族，可憐的民族！可悲的民族！

醒醒吧！中華民族！

甘到極時便覺苦

苦到盡時反甘甜

人生際遇輪流轉

命到窮時又豐年

人生四樂

少年得志

青年創業

中年成名

老年善終

別人妻子，自己孩子，別人房子，自己文章，總是最好的。自己妻子，別人孩子，自己房子，別人文章，總覺差些。

無情總是有情，
有情總覺無情。
這樣被情字弄到神魂顛倒，
不如索性來一次絕情好了。

心一堂香港文學叢書 · 馮守剛作品

人生四苦

天寒飲冰水

天熱蓋綿胎

功名皆落第

袋中缺文錢

天妒紅顏，
短命作家，
一刻煙花，
黃昏晚霞，
不禁嘆一句，好的東西何其
太短？

心一堂香港文學叢書 · 馮守剛作品

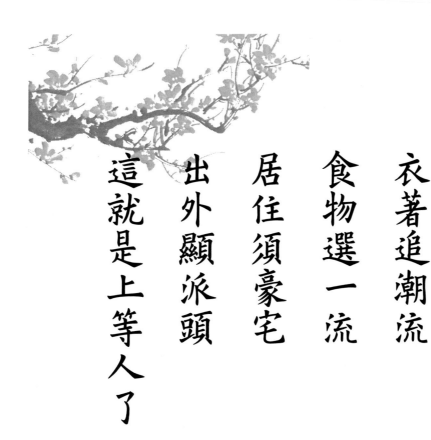

衣著追潮流

食物選一流

居住須豪宅

出外顯派頭

這就是上等人了

流星雖耀眼，可惜轉眼即逝。不若月亮柔和的光，常掛天邊，滌你愁腸，撫你心靈。

心一堂香港文學叢書・馮守剛作品

魁星賜福攀丹桂

財神拱照享豐年

與聰明人辯論越辯越精彩

與愚昧人辯論越辯越糊塗

心一堂香港文學叢書 · 馮守剛作品

雖居斗室而覺舒暢

雖啖黃連而覺甘甜

雖衣麻布而感滿足

這都是自鳴清高之士自我安

慰的阿Q精神

判別一個人的性格是要細心
觀察他的日常行為、言語和
他對外來發生的事的反應，
甚至生活上的小動作而作判
斷的。

心一堂香港文學叢書・馮守剛作品

人生最大的悲劇是你窮一生的精力去找尋一件你想要的東西，卻苦苦地找不到它。當你找到它時，卻發現是你生命的盡頭，這是人生最大的不幸。

「心理學」是一種可以有機會進入別人的心中、思想中，從而了解他的想法和取向，是一門控制別人的學問。

年輕人往往容易受騙，一是金錢，二是愛情。兩者比較，後者傷痛往往比前者更深，後者可便他終身難忘。

就算人類在宇宙中找到了其他星球適合給他們移民，這也是無用。他們還不是每個人都帶著一個充滿自私，貪婪的心把其他的星球污染了。

群魔亂舞烽煙急
眾鬼橫行亂凡塵
從來邪不能勝正
正氣一臨靖乾坤

情緒控制你的性格，只要你能夠控制你的情緒，便會有美好的性格了。

心一堂香港文學叢書・馮守剛作品

人其實有兩種不同的表現，一種是暗裡不為人見的真我，另一種是表演在人前的我。兩者有時是百分之百的不同，原則上他是一個雙面人。

三代同堂今少見

四維處世恐難尋

五體不勤矚目是

六親不認遍凡塵

心一堂香港文學叢書 · 馮守剛作品

欣賞美好身裁女性的反應如下：

輕紗蓋胸最誘人

伸展美腿最迷人

裹前露背最引人

全身赤裸殺死人

金銀滿屋「富」還覺不足。

家徒四壁「窮」活得滿足！

心一堂香港文學叢書 · 馮守剛作品

信仰與迷信的分別是信仰是在理性之中相信有神的存在。迷信是在沒有理性地盲目相信鬼神的存在。

夢想與理想的分別是夢想可以無限地擴大，理想是首先衡量你的實力和客觀環境和合乎邏輯而去定的。

心一堂香港文學叢書 · 馮守剛作品

億萬家財嘆命短

一貧如洗怨命長

自卑像割肉

自大如蛀骨

兩者都對健康有害

魔鬼身裁，天使面孔，有甚麼可取？原則上她只是一隻怪物。

惡人的惡，不會存有一點的善；善人的善，也不會存有一點的惡。所謂「善惡分明」，絕不含糊。

心一堂香港文學叢書 · 馮守剛作品

「戰無不勝」，不去戰沒有勝。

「戰無不敗」，不去戰那有敗？

歌唱與哭泣同樣感人心弦，分別的是歌聲常常使人心醉，哭泣使人心碎。

醫生必須能夠做到「三心兩意」才算是一個好的醫生。

三心者：（一）看病要細心；（二）對病人要有父母之心；（三）對病人家屬有同情心。

兩意者：（一）判症不可大意；（二）開藥不可隨意。

金蟾識脫殼

逃難須棄袍

但求脫險境

全裸免窮途

心一堂香港文學叢書 · 馮守剛作品

其實，中國人對幸福的要求是很低的，只要：「門前無債主，家中無病人。」便是幸福了。

高山覽景窺全豹

井底觀天只一隅

英雄著眼天下事

愚子目光在眼前

心一堂香港文學叢書・馮守剛作品

危機不一定是不好的。其實危機往往暗藏著無限商機，只要你看透了其中玄機，你便有機了。

兵不敗而退不可追，兵不勝
而進不可擋。
追便中伏，擋便俱亡。

心一堂香港文學叢書．馮守剛作品

月照東窗難入睡

蟲鳴西廂更難眠

心中有事難下嚥

家有離人心惘然

人多好做事

飯少怕人多

人少盡全力

人多招懶怠

不以朋友多而自誇

不以朋友少而自卑

酒肉朋友多也無用

知心好友一個已夠

青年人有叛逆，不畏強權，思想大膽，敢於創新，不錯，不錯，行動勇武。但叛逆必須有理，思想大膽必須正確，創新必須實際，勇武必須正義。否則，他們只是一群野獸。

非我族類難依靠

同根生果味相同

其實死亡是非常簡單的事，

一剎那你甚麼也沒有了。

「死」就是那麼簡單。